Dieses Buch gehört:

Der Bücherbär

1. Klasse

Liebe Eltern,

jedes Kind ist anders. Manche Kinder kennen bereits alle Buchstaben in der Vorschule und können erste Wörter lesen. Andere lernen das Abc in der Schule. Für das spätere Leseverhalten ist es jedoch völlig unerheblich, wann die Kinder das Alphabet meistern. Wichtig aber ist der Spaß am Lesen – von Anfang an. Deshalb ist das Bücherbär-Erstleserprogramm konzeptionell auf die Fähigkeiten und Bedürfnisse der Kinder abgestimmt.

Dieses Buch richtet sich an Leseanfänger in der 1. Klasse. Die übersichtlichen Leseeinheiten und kurzen Zeilen sind ideal zum Lesenlernen. Zahlreiche Bildergeschichten unterstützen das Textverständnis. Zusätzlich regen lustige Buchstaben- und Leserätsel am Ende des Buches zum Nachdenken und zum Gespräch über die Geschichte an. Denn Kinder, die viel Gelegenheit zum Sprechen haben, lernen auch schneller lesen.

Ihr Bücherbär

Empfohlen von westermann

Andreas H. Schmachtl

Tilda Apfelkern

Beste Freunde und ein Regenbogen-Picknick

Mit Buchstaben- und Leserätseln

Arena

Andreas H. Schmachtl

Andreas H. Schmachtl wurde 1971 geboren und studierte Kunst, Germanistik und Anglistik. Seit 2007 erzählt und illustriert er mit viel Liebe zum Detail und zu seinen Figuren zauberhafte und abenteuerliche Geschichten von Mäusen, Kaninchen, Igeln und anderen kleinen Wesen, deren Schutz und Erhalt ihm besonders am Herzen liegen. Seine Bücher erscheinen exklusiv im Arena Verlag.

MIX
Papier aus verantwortungsvollen Quellen
FSC® C110508
FSC www.fsc.org

1. Auflage 2020

Rottendorfer Str. 16, D-97074 Würzburg

Einband und Innenillustrationen: Andreas H. Schmachtl
Gesamtherstellung: Westermann Druck Zwickau GmbH
ISBN 978-3-401-71652-7

www.arena-verlag.de

Inhalt

In dieser Geschichte spielen mit:

Schnecki

Tilda Apfelkern

Molly

Schwierige Wörter im Text:

das Tischtuch

das Picknick

die Regenmäntel

die Entenfüße

der Karton

Plitsch, platsch!

Tilda und Molly
schauen traurig
aus dem Fenster.
Schnecki ist auch dabei.

Es regnet und regnet
und regnet.
Dicke Tropfen prasseln
auf Büsche und Bäume.

„Dieser Regen
hört nie wieder auf“,
sagt Tilda.

Molly jammert:
„Dann muss
unser Picknick
ausfallen?“

„Ich habe eine Idee!“,
ruft Tilda
und schnappt sich
das große Tischtuch.

Molly wundert sich.
„Was hast du denn vor?“,
fragt sie.

„Das ist
unser Regen-Schutz“,
erklärt Tilda ihrer Freundin.
Molly staunt.

tropf
tropf
tropf

Eine neue Idee

„Was machen wir jetzt?“,
will Molly wissen.
Tilda durchsucht
ihre Kammer.

„Der große Karton
hält bestimmt
den Regen ab“,
sagt Tilda.

Im Karton ist es dunkel.

Und bald wird der Karton
ganz matschig.
Der Kuchen auch.

„Ich habe
noch eine Idee“,
sagt Tilda.

„Wir essen den Kuchen
lieber in der Küche“,
sagt Tilda.

Tilda setzt
den Kessel auf.

Molly deckt
den Tisch.

Nur Schnecki
guckt wieder
aus dem Fenster.

Picknick im Haus

In Tildas Küche
ist es sehr gemütlich.

Der Ofen ist warm.
Und der Tee dampft.

„Wie ist der Kuchen?“,
fragt Tilda.
„Trocken“,
antwortet Molly.

„Sehr schade,
dass wir nicht
im Garten
sein können“,
findet Molly.

„Das stimmt.
Aber bei diesem Regen
geht das leider nicht“,
antwortet Tilda.

Auf einmal
klappt die Haustür.
„Wer war denn das?“,
fragt Molly.

Tilda schaut hinaus
und staunt.

„Das ist Schnecki“,
sagt sie.

Molly ruft:
„Aber sieh nur!
Schnecki spielt
im Regen!“

„Und das macht
ihm sogar Spaß!“,
ruft Tilda hinterher.

Was für ein Spaß!

Tilda zwinkert Molly zu.
Molly zwinkert zurück.

Dann schlüpfen beide
in ihre Regenmäntel.

Sie flitzen schnell
in den Garten hinaus.

Tilda spielt sofort
Frosch-Hopsen.
Sie hopst über
den nassen Rasen.

„So ist es gut“,
erklärt der Frosch.
„Der Rasen muss
richtig nass sein.“

Molly watschelt durch
die größten Pfützen.
Wie mit großen
Entenfüßen.

„Das macht bei Regen
am meisten Spaß“,
sagt die Ente.

Tilda, Molly und Schnecki
machen noch
eine Menge
andere Regen-Sachen.

Denn das geht
an einem Regentag
am allerbesten.

Buchstaben- und Leserätsel

Was reimt sich?

Die drei Freunde überlegen:

„Was machen wir bei diesem __________?"

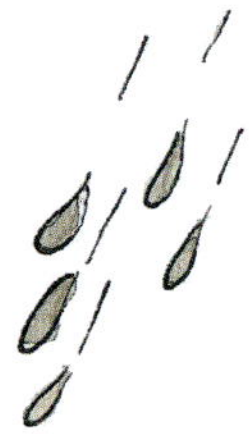
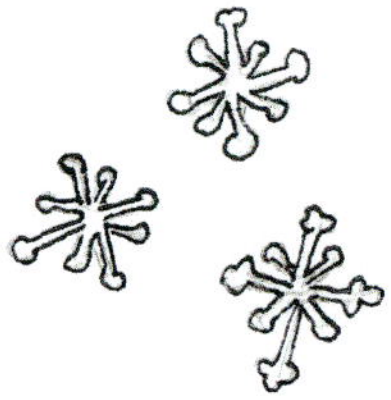

Tilda und Molly warten

auf Sonnenschein in Tildas __________.

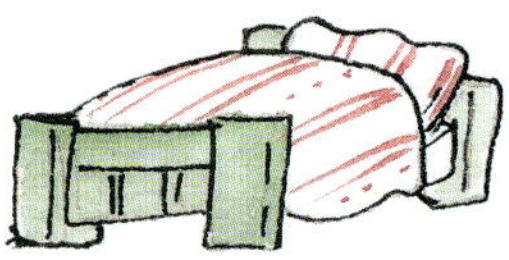

Was mag Molly am liebsten?

Die Anfangsbuchstaben verraten es dir.

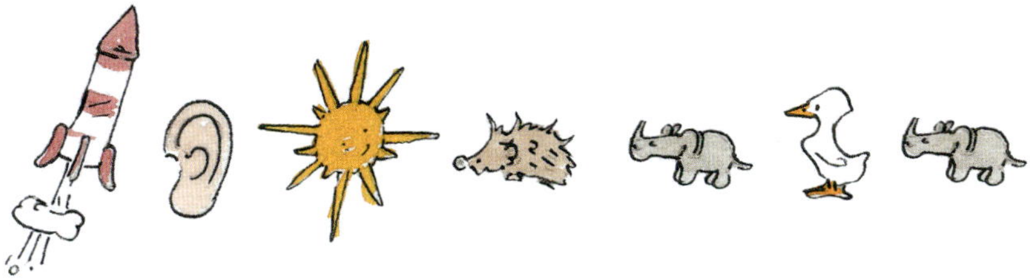

__ __ __ __ __ __ __ -Kuchen

Was leuchtet bunt?

bo gen gen Re

____

Die Lösungen findest du
auf der übernächsten Seite.

Und dann?

Die Freunde machen
noch andere Regen-Sachen.
Erzähle davon.

Welche Regen-Sachen
machen dir Spaß?

Lösungen

So heißt es richtig:

Die drei Freunde überlegen:
„Was machen wir bei diesem Regen?“

Tilda und Molly warten
auf Sonnenschein in Tildas Garten.

Molly mag **Rosinen**-Kuchen.

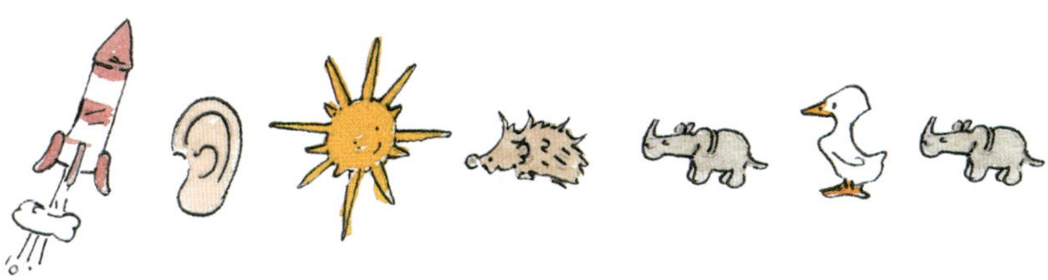

R O S I N E N

Ganz bunt leuchtet der Re-gen-bo-gen.

Der Bücherbär
1. Klasse

Eine durchgehende Geschichte

Zwei Meermädchen und ein flossenstarkes Abenteuer
978-3-401-71610-7

Tilda Apfelkern
Beste Freunde und ein Regenbogen-Picknick
978-3-401-71652-7

Millis erster Schultag
978-3-401-71653-4

Jeder Band: Ab 6 Jahren • Eine durchgehende Geschichte • Durchgehend farbig illustriert • 48 Seiten • Gebunden • Format 17,5 x 24,6 cm

Mit Bücherbärfigur am Lesebändchen

Zeilentrennung nach Sinneinheiten

Bildergeschichten erleichtern das Leseverständnis

Große Fibelschrift

Viele farbige Bilder

Innenseite aus *»Millis erster Schultag«*
978-3-401-71653-4

Diese Reihe richtet sich an Leseanfänger in der 1. Klasse. Mit der großen Schrift, den kleinen Kapiteln und den vielen farbigen Bildern macht das erste Lesen viel Spaß.

Empfohlen von **westermann**